INVENTAIRE
Ye 14,852

I0686364

BLUETTES POÉTIQUES

PAR

CHARLES BARDY

PRIX : UN FRANC

BORDEAUX

J. DELMAS, ÉDITEUR,

Rue-Sainte-Catherine, 139.

1856

BLUETTES POÉTIQUES.

Ye 14852

Imp. de J. DELMAS, rue Sainte-Catherine. 139.

BLUETTES POÉTIQUES

PAR

CHARLES BARDY

PREMIER VOLUME

BORDEAUX

J. DELMAS, ÉDITEUR,

Rue Sainte-Catherine, 139.

—

1856

A MON FILS !

A l'heure où la terre,
Suspendant tout bruit,
Prend, avec mystère,
Son voile de nuit;

Lorsque sur la grève,
Où j'erre isolé,
Je pleure et je rêve,
Triste et désolé;

Brise passagère,
Qui, pour me charmer,
Coquette et légère,
Viens me caresser;

Étoile charmante
Dont les chastes feux
A mon âme aimante
Semblent des aveux;

Oiseaux du bocage
Qui chantez l'amour,
Et dont le ramage
Implore un retour;

Senteurs enivrantes,

Échos des vallons,

Vagues murmurantes,

Poétiques sons ;

Cohorte mystique

De douces lueurs,

Ravissant cantique

Qui calmez mes pleurs ;

Sur la plage sombre

Où seul je gémis,

N'êtes-vous pas l'ombre

De mon pauvre fils ?

DANS LE CIMETIÈRE

———

I.

Vois-tu ? s'écriait Paul, assis sur une tombe,
Toi qui parles toujours de vie et de bonheur,
Dis, vois-tu de cet arbre une feuille qui tombe,
Anna, mon ange, Anna, l'idole de mon cœur ?

Vois-tu ? depuis hier cette feuille était née,
La brise, avec amour, l'agitait ce matin...
Mais un soleil brûlant aujourd'hui l'a fanée,
Et ce soir elle meurt, car c'est là son destin !

Eh bien ! voilà ma vie : une vie éphémère !
Anna, je dois mourir au printemps de mes jours,
Et mourir orphelin, sans connaître ma mère...
Au pauvre Paul, Anna, penseras-tu toujours ?

O ciel, je vais mourir ! en vain de tes caresses
Je savourais le miel, dans ma félicité ;
En vain, ô mon Anna, je crus à tes promesses,
A tes serments d'amour et de fidélité.

Je vais mourir, Anna, car je suis, dans ce monde
Méchant et positif, qui m'a tant fait souffrir,
Un corps brisé, flétri, que doit entraîner l'onde...
Je suis né misérable, Anna, je dois mourir !

Et puis, deux jours après, une vierge en prière

S'écriait : « Près de moi, Paul, viendras-tu t'asseoir ? »

Et disait aux passants : « Où donc est Paul ce soir ? »

Et tous lui répondaient : « Là, dans le cimetière ? »

II.

Quand la lune répand une pâle clarté

Sur le corps amaigri d'Anna, la jeune fille,

Depuis lors, chaque nuit, avec avidité,

Anna contemple au ciel une étoile qui brille.

Et chaque nuit, aussi, les yeux mouillés de pleurs,

Le cœur navré des maux dont le monde l'abreuve,

Folle, demande au ciel compte de ses malheurs,

Et dit : « Mon Dieu, mon Dieu, faites mourir la veuve !

» Tinte, beffroi lugubre., oh ! tinte lentement;

» Tombez, feuilles d'été, bruissez, vert feuillage,

» J'aime vos sons plaintifs, votre frémissement,

» La nuit, quand j'erre seule au milieu du village.

» J'entends le glas des morts.. Ah! Paul, tu dormais là.

» Tu mourus, orphelin, et je ne pus te suivre...

» Ami, depuis longtemps je suis lasse de vivre...

» Orpheline je meurs... adieu, Paul, me voilà ! »

Une nuit, dans ses yeux roulaient de grosses larmes...

Les cheveux noirs d'Anna ruisselaient sur son sein...

Dans cette fille en pleurs que d'amour, que de charmes!

Le lendemain, pour elle on sonnait le tocsin !

Et puis un soir d'hiver une noble étrangère

Disait au sacristain, quand l'*angelus* sonna :

« Où sont et mon fils Paul et ma filleule Anna ? »

— « Ils sont, répondit-il, là, dans le cimetière ! »

Car le bonheur, pour moi, ce n'est point la richesse,
Ce n'est point ce fléau qu'on nomme pauvreté,
Ce n'est point du plaisir la délirante ivresse,
Le bonheur, c'est l'amour, l'amour de la sagesse,
Et de la poésie, et de la liberté.

Et moi j'étais heureux, sur cette triste terre,
Sur cette mer immense où vogue mon esquif,
En ce monde où tout fuit, où tout est un mystère,
Où j'aimerais à vivre et mourir solitaire,
Où tout homme sensé doit voyager craintif...

Lorsque le frôlement d'une robe soyeuse,
Le bruit léger d'un pas et celui d'un soupir
Apportèrent le trouble en mon âme pieuse,
Qu'attristèrent les cris de la foule joyeuse
Que j'entendis au loin murmurer et glapir...

Et je vis une vierge, à la taille élancée,

Éclatante d'appas, de fraîcheur et d'atours,

Et ses habits dorés, ses fleurs de fiancée,

Décelaient à mes yeux l'enivrante pensée

Qui faisait tressaillir ses deux légers contours...

Et j'aspirais déjà sa douce et pure haleine...

Mon être frémissait d'un indicible émoi...

Et j'admirais son cou, son cou blanc, de sirène,

J'admirais ses yeux bleus, ses cheveux noir d'ébène....

Quand elle m'aperçut, et s'enfuit loin de moi !

Depuis, j'erre souvent sur la même colline,

Et j'y pleure et j'y rêve à mon triste avenir,

Au retour de la vierge à la forme divine ;

Mais en ce lieu qui plaît à mon âme chagrine,

Hélas ! je reste seul avec un souvenir !

2

QUÊTE POUR LES PAUVRES

O vous qui possédez la richesse en ce monde,
Vous qui faites un dieu de ce trésor immonde
Et qui trouvez en lui la source du bonheur;
Vous qui l'avez reçu des mains de votre père,
Vous qui l'avez gagné par un travail prospère,
Vous qui l'avez peut-être au prix de votre honneur,

Riches, mortels heureux, au sein de cette vie,

Vous dont le sort brillant sans cesse vous convie

A jouir, sur la terre, au gré de vos désirs,

De toutes les douceurs que le monde recèle,

Qu'en retour de votre or à vos sens il décèle

Et qu'il nomme : grandeurs, amour, gloire, plaisirs !

Si vous ne voulez pas que, dans son infortune,

Le pauvre vous adresse une plainte importune

Et trouble le repos de vos loisirs sans fin ;

Si vous ne voulez pas que, parcourant les rues,

Sale, déguenillé, tête et poitrine nues,

Il vous dise : « j'ai froid ! » il vous dise : « j'ai faim ! »

Donnez, riches, donnez à cette jeune femme

A qui le ciel ravit la moitié de son âme

Et qui, sans murmurer, supporte son malheur :

Son mari lui laissa six enfants en bas âge ;

Riches, pour soutenir sa force et son courage,

Ajoutez quelques dons au fruit de son labeur...

Donnez, riches, donnez un baume salutaire

A ce pauvre qui vit, hélas ! sur cette terre

Au sein de la souffrance et de l'adversité ;

De l'Homme-Dieu ce pauvre est ici-bas l'image ;

Riches, vous lui devez amour, respect, hommage...

Oh ! faites-lui la charité !

Donnez, riches, donnez à ceux que la misère

N'a pas toujours étreints de sa main meurtrière ;

Donnez, riches, donnez à ces pauvres honteux

Qui furent comme vous jadis dans l'opulence,

Pauvres qui, fiers encor, cachent leur indigence

Comme un avare cache un trésor précieux.

Donnez, riches, donnez, chaque jour, à toute heure !

Donnez au malheureux qui n'a pas de demeure

Pour reposer son corps fatigué de souffrir ;

Hâtez-vous, hâtez-vous à lui faire l'aumône,

Ne comptez pas cet or que votre main lui donne,

Car de faim et de froid peut-être il va mourir...

Après avoir donné, riches, donnez encore ;

Donnez à ce vieillard qui devant vous dévore

Ce morceau de pain noir, de ses pleurs humecté ;

Donnez, riches, donnez à cette jeune fille,

Hier heureuse et sage, aujourd'hui sans famille,

Et qui sans vous demain vendra sa chasteté !

Donnez, riches, donnez au pauvre qui demande,

Ne lui refusez pas une modeste offrande ;

Voyez, il vous supplie, en pleurant, à genoux ;

Donnez, pour éviter que son âme insensée
De vos cruels refus ne se trouve offensée
Et n'accable vos fronts du poids de son courroux...

Donnez, riches, donnez, c'est Dieu qui vous l'ordonne !
A ce prix seulement le Seigneur vous pardonne
Votre luxe effréné, vos plaisirs fastueux ;
Riches, si vous donnez aux pauvres sur la terre,
Ils intercèderont auprès de Dieu, leur père,
    Afin qu'il vous reçoive aux cieux !

JE PENSE A TOI

RÊVERIE.

———

Dans mon exil, ma bien-aimée,
Lorsque la brise parfumée
    Arrive à moi,
Et que, folâtre, elle caresse
Mon front pâli par la tristesse,
    Je pense à toi.

Si, dans l'océan de la foule,

Poussé par le hasard, je roule

Avec effroi...

Méprisant un bonheur frivole,

Vers le ciel mon esprit s'envole...

Je pense à toi !

A l'heure où le soleil décline,

Vais-je rêver sur la colline,

Et du beffroi

Écouter le plaintif langage ?

Dans les champs, ou dans le bocage,

Je pense à toi.

La nuit, quand un riant mensonge

Me rend heureux, parfois, en songe,

Bien plus qu'un roi...

Et que, tout ému, je m'éveille...
Seul, avec ma lampe qui veille...
   Je pense à toi.

Toi seule excites mon envie,
Toi seule ici-bas es ma vie,
   Mon Dieu, ma foi!
Aussi, matin et soir, sans cesse,
Avec transport, avec ivresse,
   Je pense à toi.

Ange, dont le regard m'enivre,
Toi dont l'amour pur me fait vivre,
   Oh! laisse-moi,
Puisqu'il faut, hélas! que je meure,
Dire, jusqu'à ma dernière heure :
   Je pense à toi!

L'ŒUVRE DES CRÈCHES

Pendant ces jours de deuil qui pèsent sur la France,
Ces jours où la misère, hélas ! et la souffrance
    Font couler tant de pleurs,
La charité, sans cesse active, ingénieuse,
Se plaît à secourir la foule malheureuse
    Qui vit dans les douleurs.

Dans son ardent amour pour l'humaine faiblesse,

Hier, la charité fonda pour la jeunesse

Ces asiles pieux

Où des vierges, vivant dans une paix profonde,

Guident ses premiers pas loin des dangers du monde,

En lui parlant des cieux.

Aujourd'hui, dispensant une faveur nouvelle,

La charité reçoit l'enfant à la mamelle,

Tendre et faible roseau

Que le vent du malheur flétrirait avant l'âge,

Et pour le préserver des vents et de l'orage,

'L'endort dans un berceau !

Grâce à cette œuvre sainte, à cette œuvre admirable,

Désormais, chaque jour, l'enfant du misérable,

A l'abri du besoin,

Trouvera de son sein l'attente moins amère,

Car pour sa mère absente une seconde mère

De cet ange aura soin.

Gloire, gloire cent fois à l'âme généreuse

Dont la voix convia la foule bienheureuse

A ce banquet touchant !

Gloire, gloire à tous ceux qui protégent la crèche !

Cette œuvre en leur faveur plus que toute autre prêche

Devant le Tout-Puissant !

Riches, mortels heureux, grandes et nobles âmes,

Ministres du Seigneur, jeunes et belles femmes,

Anges de charité,

Vous qui vous imposez cette sublime tâche

De secourir sans honte et d'aimer sans relâche

La pauvre humanité ;

Vous qui vous rappelez, sur la terre où nous sommes,

Que tous les malheureux sont comme vous des hommes

Nés pour la liberté,

Un jour, un jour viendra pour vous où notre histoire

De vos noms bien-aimés portera la mémoire

A la postérité !

Et vous, dont le destin nous émeut et nous touche,

Pauvres petits enfants, dont l'innocente bouche

Allait boire le fiel ;

Vous que, dès la naissance, une main charitable

Place sous son égide et présente à sa table,

Pour vous pleine de miel ;

En attendant cette heure où, sortis de l'enfance,

Vous prouverez, enfin, votre reconnaissance

A tous vos bienfaiteurs,

Dormez, petits enfants, dans vos couches moelleuses,

Dormez, calmes et purs, au chant de vos berceuses,

Sous leurs yeux protecteurs...

Dormez, petits enfants! nos premières journées,

Les plus douces toujours et les plus fortunées,

Ne sont qu'un long sommeil...

Dormez, petits enfants! puissiez-vous sans envie

Vous rappeler ces jours heureux de votre vie

A l'heure du réveil!

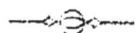

JALOUSIE.

RÊVERIE.

Forêt paisible et solitaire
Qui fus témoin de nos amours,
Bosquet plein d'ombre et de mystère
Où sa voix me disait : « toujours ! »

Où le regard de mon amie
Vers moi s'élançait enivrant,
Où ses baisers donnaient la vie
A mon cœur timide et brûlant ;

Bassin où vogue la nacelle
Qui nous berça tous deux un jour,
Ce jour qui, comme une étincelle,
Brilla, puis s'enfuit sans retour ;

Verte prairie où, de la foule
Nous éloignant avec dessein,
Nous vîmes ce ruisseau qui coule
Bien moins agité que son sein...

Sentiers où nous aimions sans cesse
A nous égarer tous les deux,
Afin de cacher notre ivresse,
Notre bonheur à tousles yeux ;

Lieux enchantés, que sa présence
Rendait si beaux, si parfumés,
Triste et souffrant, en son absence,
Je vous revois, lieux bien-aimés... .

Mais hélas ! je suis, à cette heure,
Seul ici pour vous admirer ;
Mon âme en vain la cherche et pleure :
L'ingrate a cessé de m'aimer !

Elle méprise ma tendresse,
Repousse mes soins amoureux
Et rit de la sombre tristesse
Qui rend mes jours si malheureux !

Vous que j'arrose de mes larmes,
Vous à qui je dis mes secrets,
Prenez pitié de mes alarmes,
Lieux charmants, et de mes regrets.

Ah ! si vous la voyez encore
Rêver d'amour et de plaisir,
Dites-lui que mon cœur l'adore
Et que loin d'elle il va mourir !

L'IMMORTALITÉ DE L'AME

———

I.

Sur ce vallon de pleurs, de souffrances amères,
En ce monde où souvent nos plus tendres chimère
    Vont se briser contre un écueil,
Il est une bien pure et bien sage croyance
Qui berce notre cœur d'une douce espérance
    Et le remplit d'un noble orgueil.

C'est la croyance sainte, et grave, et solennelle,

Qu'il est en nous une âme et qu'elle est immortelle,

Comme son immortel auteur ;

Que notre vie, hélas ! ici-bas est un rêve

Qui là-haut seulement auprès de Dieu s'achève,

Dans la joie ou dans la douleur.

II.

Comme un phare éclatant, au sein d'une nuit sombre,

Du feu de ses rayons, sous nos pas chasse l'ombre

Et nous montre les bons chemins ;

Ainsi cette croyance, au sein de notre route,

Apporte la lumière à tout esprit qui doute,

Et sert de boussole aux humains.

C'est elle qui murmure à ce pauvre qui souffre :

« Traverse, sans regret, ce monde, vaste gouffre

» De la misère et du malheur ;

» Supporte, sans gémir, de passagers supplices :

» Dieu prépare pour toi d'incessantes délices

    » Dans le séjour du vrai bonheur... »

C'est elle encor qui dit aux riches de ce monde :

« Donnez aux malheureux que la misère inonde,

    » Avec eux partagez votre or ;

» Donnez, votre richesse est un trésor de fange ;

» Donnez, afin qu'un jour Dieu vous donne en échange

    » Son inaltérable trésor. »

De l'immortalité tout reconnaît l'empire !

Et l'homme intelligent, que la sagesse inspire,

    Dans ses souhaits ambitieux,

De l'immortalité, qu'il aime et qu'il honore,

Se fait sur cette terre un drapeau qu'il arbore

    Et qui le conduit dans les cieux !

Voyez-vous ce soldat, enivré par la gloire,

Qui méprise la mort et court à la victoire

Pour le trône ou la liberté ?

Quand il va si gaîment affronter la mitraille,

C'est qu'il a vu briller sur le champ de bataille

Un rayon d'immortalité !

Et ce prêtre qui fuit sa maison paternelle,

N'est-ce pas dans l'espoir de la vie éternelle

Que, sans regret, il va partir,

Et qu'il va, jeune encor, sur de lointains rivages,

Pour l'amour de son Dieu, chez des peuples sauvages,

Cueillir la palme du martyr ?

O l'immortalité ! c'est l'ange qui console

Le juste qu'on dédaigne en ce monde frivole,

Dont il ne suit jamais la loi!...

O l'immortalité ! c'est la source infinie
Où le sublime cœur de l'homme de génie
    Puise son courage et sa foi !...

III.

Des hommes, des savants, qu'un faux esprit enflamme,
Ont souvent essayé de contester à l'âme
    Son origine et sa beauté ;
Ils ont voulu parfois nier son existence,
Mais toujours le Seigneur à leur cœur en démence
    Prouva son immortalité.

L'homme matériel soutient-il ce mensonge
Que Dieu n'existe pas ou n'existe qu'en songe
    Dans notre fragile cerveau ?
Ose-t-il affirmer que tout n'est que matière,
Que l'homme n'a point d'âme et que sa vie entière
    Avec lui descend au tombeau ?

La voix de la raison répond à cet athée :

» Toi, dont l'intelligence impie et révoltée

    » Renie en ce jour le Seigneur,

» Dis-moi, dis-moi sur quoi ta croyance se fonde,

» Et si ce n'est pas Dieu qui fit l'homme et le monde,

    » Dis-moi quel fut leur créateur ?

» Ah ! ne prononce pas un odieux blasphème !

» Le monde n'a pas pu se créer de lui-même

    » Et l'homme ne s'est point formé...

» Il fut, il fut pour tout une cause première,

» Cette cause, c'est Dieu, fécondante lumière

    » Dont l'univers est animé ! »

A celui qui de Dieu reconnaît l'existence

Et qui vit cependant avec cette croyance

    Qu'en nous tout meurt et tout finit,

Que ce souffle divin, cette âme qui l'anime,

S'éteint avec le corps et roule dans l'abîme,

    Et pour toujours s'évanouit...

De l'humaine raison la voix toujours auguste

Répond : « Dieu serait-il un Dieu puissant et juste,

    » Un Dieu d'amour et de bonté,

» Si, créant l'homme roi de toute la nature,

» Il eût borné ses jours à cette sépulture

    » Où commence l'éternité ? »

Dieu ne pouvait faillir à sa divine essence !

Dieu n'a point abdiqué sa suprême puissance,

    Il a créé l'homme immortel !

Car il veut au grand jour marqué pour sa justice,

Il veut récompenser l'homme du sacrifice

    Et punir l'homme criminel...

A ce mortel connu pour sa vaste science ,

Qui, le scalpel en main, avec impatience ,

Cherche et se demande en quel lieu ,

En quel endroit du corps est la place de l'âme,

La même voix répond : « L'âme, c'est une flamme,

L'âme, c'est un rayon de Dieu ! »

C'est en vain que fouillant dans ce vase d'argile

Où Dieu l'avait placée en ce monde fragile,

Tes yeux la recherchent encor :

Quittant son enveloppe immobile et flétrie,

Vers le pur horizon de la mère-patrie

Cette flamme a pris son essor....

IV.

Celui qui garde en soi cette croyance intime,

De la foi suit toujours le précepte sublime

Et se plaît à faire le bien ;

Il attend, s'il est pauvre, un destin plus prospère ;

S'il est riche et puissant, du pauvre il est le père

Et du malheureux le soutien.

Et quand le sort, hélas ! dépose sous le sable

Le corps, cette matière infime et périssable

Qu'il plonge dans l'éternité,

Alors l'âme qui fut ici-bas juste et sage,

Reçoit auprès de Dieu le bonheur en partage,

Au sein de l'immortalité !

UN DÉSIR

RÊVERIE.

———

Bonheur suprême !
Celle que j'aime,
Unique bien
Qu'au ciel j'envie,
Est de ma vie
L'ange gardien.

C'est une rose
A pèine éclose,

Que le zéphir

Frôle et caresse,

Et fait, d'ivresse,

S'épanouir.

C'est une idole

Qui me console

Et me séduit;

C'est une étoile

Pure et sans voile,

Qui me conduit.

Tu la fis belle,

Fais-la fidèle,

Dieu des amours,

Et qu'en son âme

La même flamme

Brûle toujours !

A UNE JEUNE FILLE QUI VA TOMBER....

RÊVERIE.

Anna,

Mon ange,

La fange

Est là....

Prends garde

A l'or,

Retarde

Encor....

Du vice

Heureux,

L'affreux

Délice

Séduit,

Enflamme

L'esprit

Et l'âme.

Mais l'or,

Cher ange,

Trésor

Étrange,

Parfois

Méprise

Et brise

Ses rois.

Repousse,

Enfant,

Serment,

Voix douce,

Joyaux

Vils, faux,

Parures

Impures.

Mon cœur,

Qui t'aime

D'ardeur

Extrême,

Pour toi

Redoute,

La route

Sans foi.

Dieu donne

Au ciel,

Doux miel,

Couronne,

Au cœur

Novice

Vainqueur

Du vice.

Anna,

Mon ange,

La fange

Est là...

Prends garde

A l'or,

Retarde

Encor....

A UNE FLEUR

RÊVERIE.

O pensée
Échappée
De son cœur,
Veux-tu faire
Sur la terre
Mon bonheur ?

Fleur jolie,

D'une amie

Doux présent,

Dont l'hommage

Fut le gage

D'un serment;

Fleur que j'aime,

Chaste emblème,

Souvenir

Où ma lyre

Aime à lire

L'avenir,

Sur ma vie,

Qui, flétrie,

Fuit, hélas !

Dans les larmes,

Les alarmes

D'ici-bas;

Fleur, rayonne...

Je te donne

Tous mes jours....

Sois mon âme,

Sois ma flamme,

Mes amours.

Fleur, fais qu'elle

Soit fidèle

A mon sort,

Et ne cesse

Sa tendresse

Qu'à la mort;

En ce monde

Triste, immonde,

Charme-moi;

Fais-moi vivre

Toujours ivre

Avec toi!

Si sur terre

Tu veux faire

Mon bonheur,

O pensée

Échappée

De son cœur!

A Mlle ROSINE BELLECOUR

Artiste du Théâtre-des-Variétés de Bordeaux, engagée au
Théâtre-du-Vaudeville de Paris.

Quand vous allez quitter, sans doute heureuse et fière,
Bordeaux, qui vous vit naître et qui vous vit grandir;
Quand vous allez porter votre part de lumière
Au soleil de Paris, qui doit s'en réjouir;

Quand vous nous délaissez, et pour toujours peut-être ;

A cette heure suprême et triste des adieux,

Permettez à ma voix de vous faire connaître

De nos cœurs ulcérés les regrets et les vœux.

Nos vœux... ah ! désormais partout ils vont vous suivre

Et semer sous vos pas les plus brillants succès !

Nos regrets... loin de vous tant qu'il nous faudra vivre,

Rien ne pourra calmer la soif de nos regrets !

Hélas ! tout ici-bas n'est que douleur amère,

Qu'illusion perdue et que funeste amour ;

Le bonheur n'est qu'un rêve, un trésor éphémère :

Quand on le croit tenir on le perd sans retour.

Partez donc le front ceint d'une triple couronne

De vertu, de talent, ainsi que de beauté ;

Partez, et loin de nous que le Seigneur vous donne

De longs jours pleins de joie, et la célébrité !

Et tu mourus, hélas ! à ce moment suprême
Où toutes ces douceurs devaient s'offrir à toi,
Quand la nature allait, dans sa tendresse extrême,
Te dire : « Enfant, voici, prends et jouis en roi ! »
Et jamais, ô cher fils ! jamais ton âme ardente
N'a savouré l'ivresse au banquet d'ici-bas ;
Jamais tu n'as livré, d'une main frémissante,
Ta robe d'innocence aux terrestres combats.
Et pourtant tu mourus sans regretter le monde,
Sans redouter la mort et sans la voir venir,
En nous parlant de Dieu, de sa bonté profonde,
Le cœur plein de pensers de gloire et d'avenir !

Aussi, depuis ta mort, depuis que je te pleure,
Cher fils, toi qui faisais ma joie et mon espoir,
Je déteste la vie, et soupire après l'heure
Où je pourrai mourir pour aller te revoir !

N'ai-je donc pas raison de mépriser la vie ?

Ne m'est-il pas permis de désirer la mort,

Aujourd'hui que ton âme à mon âme est ravie,

Et que Dieu me condamne à survivre à ton sort ?

Qu'est-ce que cette vie, après tout, pour mon âme ?

En ce monde d'argile où tout passe en un jour,

Où l'or est le seul dieu pour lequel on s'enflamme,

Qu'est-ce donc, ô cher fils, sans toi, sans ton amour ?

Hélas ! sur cette terre où mon âme est flétrie

Par le destin cruel qui me prive de toi,

En ce monde grossier qui n'est plus ta patrie,

La vie est désormais un supplice pour moi !

Aussi, depuis ta mort, depuis que je te pleure,

Cher fils, toi qui faisais ma joie et mon espoir,

Je déteste la vie, et soupire après l'heure

Où je pourrai mourir pour aller te revoir !

Et, vieux avant le temps, je vis sur cette terre,
Brisé par la douleur et veuf d'illusions ;
Je vis triste et rêveur, dans l'ombre et le mystère
Loin de la foule impie et de ses passions ;
Et je traîne mes pas dans les routes ardues,
Occupant mon esprit d'un pénible labeur,
Pleurant amèrement sur mes heures perdues
A chercher ce trésor qu'on nomme le bonheur.
Le bonheur, ô mon Dieu ! manne céleste et chère,
Que vous distribuez à qui suit votre loi,
Depuis que je vous aime et depuis que j'espère,
Le bonheur, ô mon Dieu ! le bonheur est en moi !

Aussi, depuis ta mort, depuis que je te pleure,
Cher fils, toi qui faisais ma joie et mon espoir,
Je déteste la vie, et soupire après l'heure
Où je pourrai mourir pour aller te revoir !

Te revoir, ô mon fils ! mais n'est-ce pas un rêve ?

Est-il bien vrai, mon Dieu, qu'il existe un séjour

Où de tous les humains l'existence s'achève

Au sein d'un océan de larmes ou d'amour ?

Oh ! oui ; car c'est en vain que le sceptique nie :

Tout dément et confond son orgueil insensé !

Il est auprès de Dieu, là-haut, une autre vie

Où le mal est puni, le bien récompensé.

Car Dieu n'a pas voulu nous livrer aux caprices

De l'aveugle destin qui dirige nos pas,

Tantôt dans les douleurs, tantôt dans les délices,

Tels en haut de l'échelle et tels autres en bas.

Aussi, depuis ta mort, depuis que je te pleure,

Cher fils, toi qui faisais ma joie et mon espoir,

Je déteste la vie, et soupire après l'heure

Où je pourrai mourir pour aller te revoir !

Et des yeux de la foi, qui dévore mon âme,

Je te vois, ô mon fils! cher et beau séraphin !

Rayonner au séjour de l'éternelle flamme,

Et jouir près de Dieu de l'ivresse sans fin !

Et je vois ton regard me suivre sur la terre,

Où j'erre encor, hélas ! souffrant et malheureux,

Et je sens ton haleine embaumée et légère,

Caresser mon visage et frôler mes cheveux !

Et j'entends ce conseil que ta lèvre me donne :

« Père, fuis le péché; fais le bien, aime Dieu,

» Si tu veux, comme moi, gagner cette couronne

« Qui brille sur le front de tout ange au saint lieu ! »

Aussi, depuis ta mort, depuis que je te pleure,

Cher fils, toi qui faisais ma joie et mon espoir,

Je déteste la vie, et soupire après l'heure

Où je pourrai mourir pour aller te revoir !

POUR PARAITRE PROCHAINEMENT :

Le deuxième volume des

BLUETTES POÉTIQUES

Du même Auteur.

Bordeaux. — Imp. de J. Delmas, rue Ste-Catherine, 139.

www.ingramcontent.com/pod-product-compliance
Lightning Source LLC
Chambersburg PA
CBHW061643180626
46818CB00003B/949